LE VAGABOND DES LIMBES

POUR TROIS GRAINES D'ETERNITE

TEXTE DE GODARD **DESSINS DE RIBERA**

Mise en couleur : CHAGNAUD

DARGAUD EDITEUR

PARIS • BRUXELLES • LAUSANNE • MONTREAL

Imp. en France - Imprimerie du Marval - Vitry-sur-Seine
Dépôt légal 4e trimestre 1981
I S B N 2-205-02020-X

Distributeur exclusif pour la Belgique :
DARGAUD BENELUX, 3 rue Kindermans - 1050 BRUXELLES

307 Benjamin Hudon St-Laurent Montréal P.Q. H4N 1J1.

I S B N 2-205-02020-X

PRESSE IMPORT LEO BRUNELLE INC. 307 Benjamin Hudon
St-Laurent Montréal - P.Q. H4N 1J1
DISTRIBUTEUR EXCLUSIF LICENCIE.

MARRE! J'EN AI MARRE! MARRE! MARRE!
C'T' INNOUÏ, ÇA! VOILÀ DES JOURS ET DES JOURS QU'AXLE NE SORT PLUS DU LABO ET QUE, SITÔT L'OEIL OUVERT, IL S'ABRUTIT DE SOMNIFÈRES POUR REPLONGER AUSSITÔT DANS LE SOMMEIL!
FLOK
PUTENTRAILLES! A-T-IL DONC ABDIQUÉ TOUTE DIGNITÉ?... COMMENT PEUT-ON ACCEPTER DE PASSER LE PLUS CLAIR DE SA VIE ALLONGÉ SUR UNE TABLE, LA BOUCHE MOLLE, LE MOLLET FLASQUE, L'OEIL GLAUQUE, POUR ERRER COMME UNE OMBRE PARMI LES OMBRES, MURÉ DANS L'EMPIRE DES RÊVES COMME UN FOU DANS SA FOLIE?
MARRE ET ARCHIMARRE!!! L'ÉPOQUE DU TRANSLATOR EST TERMINÉE, AXLE! TERMINÉE!!! CET APPAREIL DU DIABLE EST UNE DROGUE, ET JE M'EN VAIS TE DÉSINTOXIQUER VITE FAIT, MOI, TU VAS VOIR!...
À GRANDS COUPS DE BARRE DE FER DANS CETTE FOUTUE MACHINE!
AAAH!?

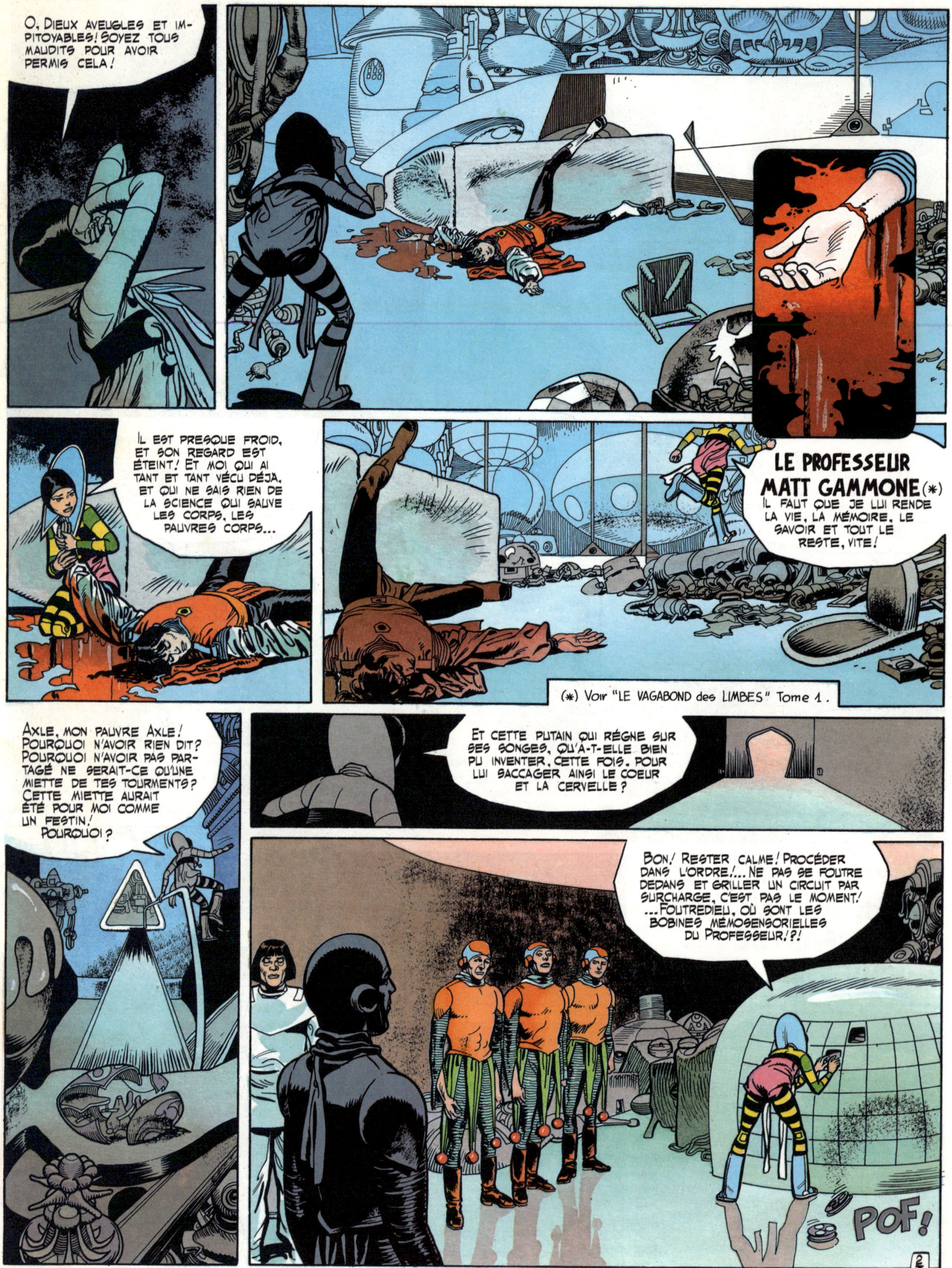
O, DIEUX AVEUGLES ET IMPITOYABLES! SOYEZ TOUS MAUDITS POUR AVOIR PERMIS CELA!
IL EST PRESQUE FROID, ET SON REGARD EST ÉTEINT! ET MOI QUI AI TANT ET TANT VÉCU DÉJÀ, ET QUI NE SAIS RIEN DE LA SCIENCE QUI SAUVE LES CORPS, LES PAUVRES CORPS...
LE PROFESSEUR MATT GAMMONE(*) IL FAUT QUE JE LUI RENDE LA VIE, LA MÉMOIRE, LE SAVOIR ET TOUT LE RESTE, VITE!
(*) Voir "LE VAGABOND des LIMBES" Tome 1.
AXLE, MON PAUVRE AXLE! POURQUOI N'AVOIR RIEN DIT? POURQUOI N'AVOIR PAS PARTAGÉ NE SERAIT-CE QU'UNE MIETTE DE TES TOURMENTS? CETTE MIETTE AURAIT ÉTÉ POUR MOI COMME UN FESTIN! POURQUOI?
ET CETTE PUTAIN QUI RÈGNE SUR SES SONGES, QU'A-T-ELLE BIEN PU INVENTER, CETTE FOIS, POUR LUI SACCAGER AINSI LE COEUR ET LA CERVELLE?
BON! RESTER CALME! PROCÉDER DANS L'ORDRE!... NE PAS SE FOUTRE DEDANS ET GRILLER UN CIRCUIT PAR SURCHARGE, C'EST PAS LE MOMENT! ...FOUTREDIEU, OÙ SONT LES BOBINES MÉMOSENSORIELLES DU PROFESSEUR!?!
POF!

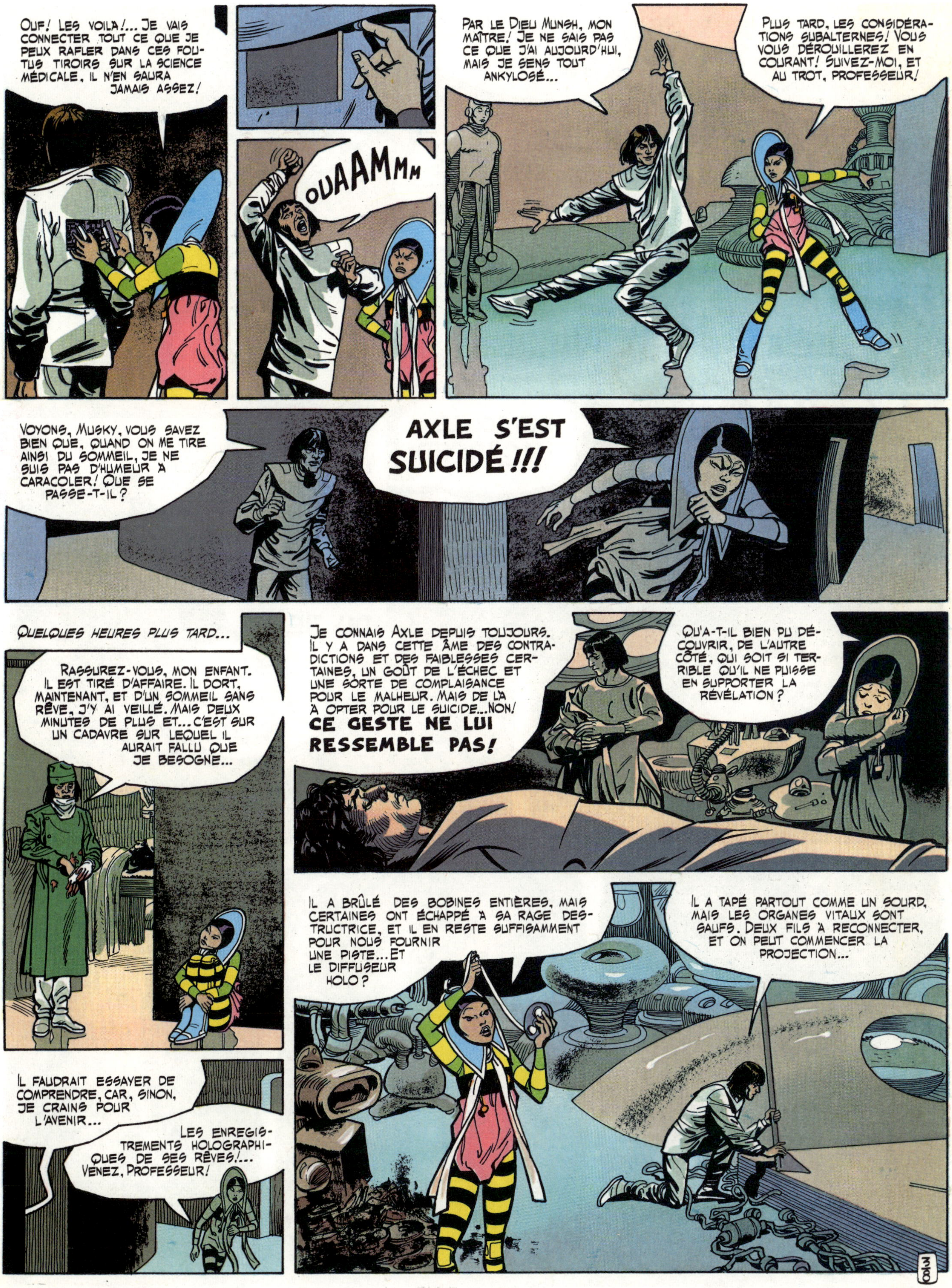

OUF! LES VOILÀ!... JE VAIS CONNECTER TOUT CE QUE JE PEUX RAFLER DANS CES FOUTUS TIROIRS SUR LA SCIENCE MÉDICALE. IL N'EN SAURA JAMAIS ASSEZ!
OUAAMMM
PAR LE DIEU MUNSH, MON MAÎTRE! JE NE SAIS PAS CE QUE J'AI AUJOURD'HUI, MAIS JE SENS TOUT ANKYLOSÉ...
PLUS TARD, LES CONSIDÉRATIONS SUBALTERNES! VOUS VOUS DÉROUILLEREZ EN COURANT! SUIVEZ-MOI, ET AU TROT, PROFESSEUR!
VOYONS, MUSKY, VOUS SAVEZ BIEN QUE, QUAND ON ME TIRE AINSI DU SOMMEIL, JE NE SUIS PAS D'HUMEUR À CARACOLER! QUE SE PASSE-T-IL?
AXLE S'EST SUICIDÉ!!!
QUELQUES HEURES PLUS TARD...
RASSUREZ-VOUS, MON ENFANT. IL EST TIRÉ D'AFFAIRE. IL DORT, MAINTENANT, ET D'UN SOMMEIL SANS RÊVE. J'Y AI VEILLÉ. MAIS DEUX MINUTES DE PLUS ET... C'EST SUR UN CADAVRE SUR LEQUEL IL AURAIT FALLU QUE JE BESOGNE...
JE CONNAIS AXLE DEPUIS TOUJOURS. IL Y A DANS CETTE ÂME DES CONTRADICTIONS ET DES FAIBLESSES CERTAINES, UN GOÛT DE L'ÉCHEC ET UNE SORTE DE COMPLAISANCE POUR LE MALHEUR. MAIS DE LÀ À OPTER POUR LE SUICIDE... NON! CE GESTE NE LUI RESSEMBLE PAS!
QU'A-T-IL BIEN PU DÉCOUVRIR, DE L'AUTRE CÔTÉ, QUI SOIT SI TERRIBLE QU'IL NE PUISSE EN SUPPORTER LA RÉVÉLATION?
IL FAUDRAIT ESSAYER DE COMPRENDRE, CAR, SINON, JE CRAINS POUR L'AVENIR...
LES ENREGISTREMENTS HOLOGRAPHIQUES DE SES RÊVES!... VENEZ, PROFESSEUR!
IL A BRÛLÉ DES BOBINES ENTIÈRES, MAIS CERTAINES ONT ÉCHAPPÉ À SA RAGE DESTRUCTRICE, ET IL EN RESTE SUFFISAMMENT POUR NOUS FOURNIR UNE PISTE... ET LE DIFFUSEUR HOLO?
IL A TAPÉ PARTOUT COMME UN SOURD, MAIS LES ORGANES VITAUX SONT SAUFS. DEUX FILS À RECONNECTER, ET ON PEUT COMMENCER LA PROJECTION...

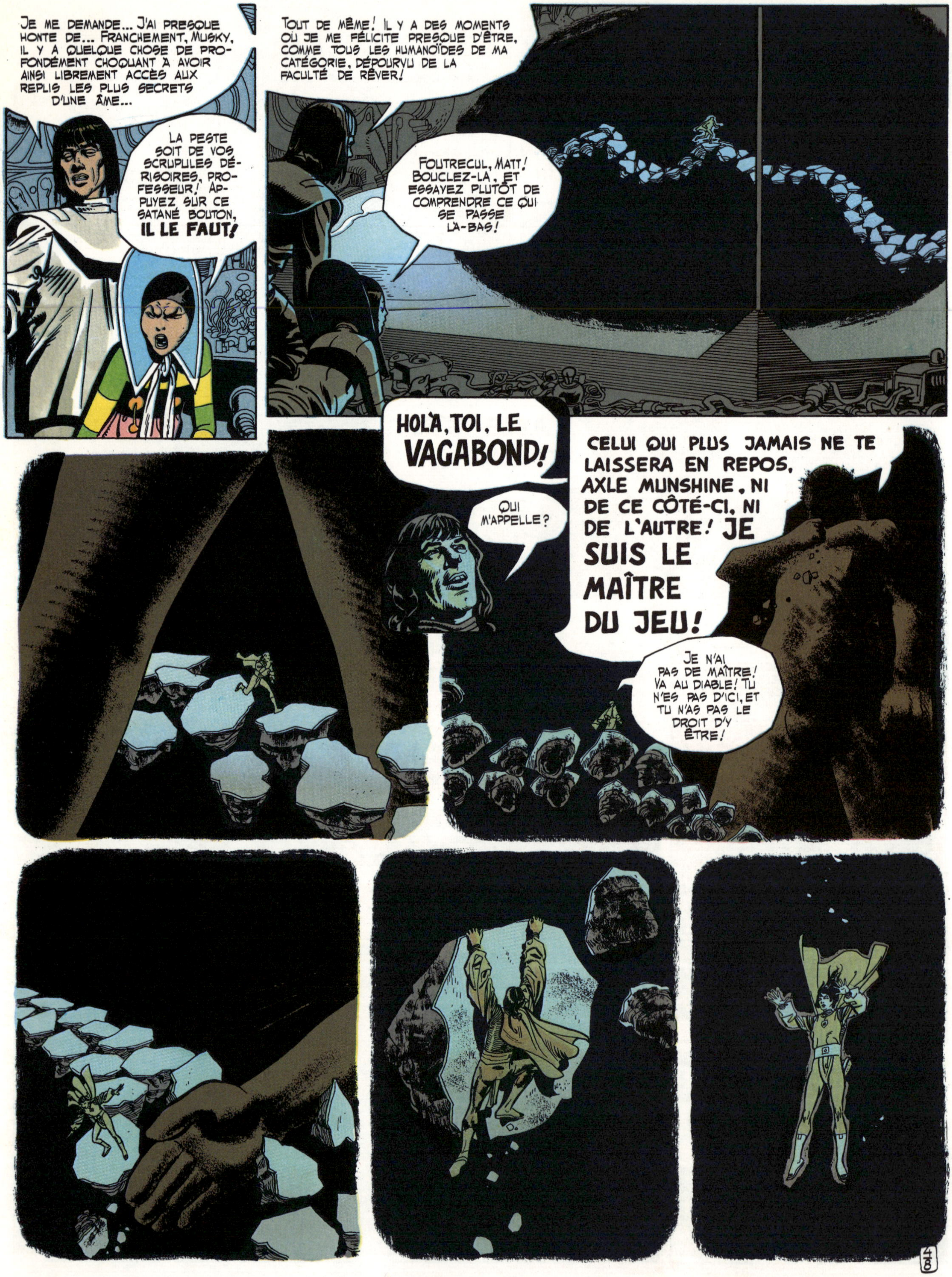
JE ME DEMANDE... J'AI PRESQUE HONTE DE... FRANCHEMENT, MUSKY, IL Y A QUELQUE CHOSE DE PROFONDÉMENT CHOQUANT À AVOIR AINSI LIBREMENT ACCÈS AUX REPLIS LES PLUS SECRETS D'UNE ÂME...
LA PESTE SOIT DE VOS SCRUPULES DÉRISOIRES, PROFESSEUR! APPUYEZ SUR CE SATANÉ BOUTON, IL LE FAUT!
TOUT DE MÊME! IL Y A DES MOMENTS OÙ JE ME FÉLICITE PRESQUE D'ÊTRE, COMME TOUS LES HUMANOÏDES DE MA CATÉGORIE, DÉPOURVU DE LA FACULTÉ DE RÊVER!
FOUTRECUL, MATT! BOUCLEZ-LÀ, ET ESSAYEZ PLUTÔT DE COMPRENDRE CE QUI SE PASSE LÀ-BAS!
HOLÀ, TOI, LE VAGABOND!
QUI M'APPELLE?
CELUI QUI PLUS JAMAIS NE TE LAISSERA EN REPOS, AXLE MUNSHINE, NI DE CE CÔTÉ-CI, NI DE L'AUTRE! JE SUIS LE MAÎTRE DU JEU!
JE N'AI PAS DE MAÎTRE! VA AU DIABLE! TU N'ES PAS D'ICI, ET TU N'AS PAS LE DROIT D'Y ÊTRE!

VIENS, AXLE! VIENS REGARDER DE L'AUTRE CÔTÉ, VIENS! LE SPECTACLE VA COMMENCER...
QUI ES-TU, FACE D'OMBRE?
JE SUIS CELUI QUI PARTOUT S'AVANCE, COMME AUTREFOIS LES FORBANS SUR TOUTES LES MERS, POUR PILLER, BRÛLER, RAVAGER, SANS QUE RIEN, AUCUNE LOI, AUCUNE FRONTIÈRE, AUCUN MUR PUISSE ME FAIRE OBSTACLE!...
JE SUIS L'INTRUS!
ET ELLE, AXLE MUNSHINE, TU LA RECONNAIS?
NON, NON, PAS ÇA! PAS ÇA!
J'AI ENTENDU TA VOIX, AXLE! J'EN SUIS SÛRE! OÙ ES-TU?
CHIMEER, DOUCE AMIE, TENDRE CHAIR, JE SUIS LÀ! VIENS! VIENS!...
PAS ÇA... PAS ÇA PAS ÇA...
BOM BOM BOM

BOM BOM BOM
EH BIEN, MA PETITE, EH BIEN! POURQUOI TOUT CE TAPAGE, ENCORE?
LAISSEZ-MOI PASSER! VOUS SAVEZ, CELUI QUI A PRIS L'APPARENCE D'AXLE, POUR MIEUX ME TRAQUER... IL ÉTAIT LÀ-BAS, CACHÉ DERRIÈRE UN ARBRE! IL M'A POURSUIVIE JUSQU'ICI! J'ENTENDS ENCORE SON SOUFFLE, DANS MON COU...
ALLONS, MA PETITE! ÇA SUFFIT, MAINTENANT, CES SIMAGRÉES! REGARDEZ DERRIÈRE VOUS!... ALORS? VOUS VOYEZ BIEN QU'IL N'Y A PERSONNE...
REGARDE BIEN PAR ICI, AXLE MUNSHINE, C'EST MAINTENANT QUE JE L'ATTRAPE, ET QUE JE TE LA VOLE!!!
NOOOOON...
PLUS D'ISSUE, NI POUR ELLE, NI POUR TOI. C'EST MAINTENANT, AXLE MUNSHINE, QUE JE L'ATTRAPE ET QUE JE TE LA VOLE!

PLAK!
CRISS... CRISS... CRISS...
ALLONS, À QUOI BON RÉSISTER! OUVRE-MOI, MA BELLE ET TENDRE FOLLE...
NOOON, JE N'OUVRIRAI PAS! NON, NON, NON...
COMMENT VOUS ÊTES-VOUS INTRODUIT DANS LA MAISON, D'ABORD?
HÉHÉHÉ C'EST AXLE QUI M'A OUVERT!
ARRÊTE, DÉMON! NE T'ATTAQUE PAS À ELLE, DONT LA RAISON VACILLE!... C'EST BON, JE SUIS VAINCU! DIS-MOI CE QUE JE DOIS FAIRE, J'OBÉIRAI. QUE VEUX-TU?
TU NE VAS PAS TARDER À LE SAVOIR...
SUPERBE FOLLE, LAITEUSE ET TIÈDE, À LA SUEUR PARFUMÉE... N'AIE CRAINTE! IL EST DES PORTES QU'ON DÉFONCE À LA HACHE, ET D'AUTRES QUI APPELLENT UNE AUTRE SORTE D'OUTIL...

HÉHÉHÉ...
POUTREMERDE! ET ELLE, MOLLE COMME UNE MÉDUSE, QUI PALPITE ET NE SE DÉFEND PAS!... QUEL CAUCHEMAR INSUPPORTABLE!
CE N'EST PAS UN CAUCHEMAR, MUSKY. CET HOMME, AU VISAGE BROUILLÉ, EXISTE! IL SAIT CE QU'IL FAIT, ET OÙ IL VEUT EN VENIR. C'EST UN DÉMON!
VOYONS, MATT, VOUS DÉRAILLEZ!... VOUS PRÉTENDEZ SÉRIEUSEMENT QUE...
UN INSTANT, MUSKY! REGARDONS PLUTÔT CETTE AUTRE SÉQUENCE, PRESQUE INTACTE ELLE AUSSI...
VOUS SAVEZ, INSPECTEUR, ICI, DANS CETTE MAISON, IL NE FAUT S'ÉTONNER DE RIEN... LES PENSIONNAIRES SONT SOUVENT BIZARRES... S'IL FALLAIT S'INQUIÉTER À CHAQUE FOIS QUE...
LAISSONS CELA, MADAME. PARLEZ-MOI PLUTÔT D'ELLE...
ELLE N'ÉTAIT PAS MÉCHANTE... ELLE PARLAIT SANS CESSE D'UN HOMME QU'ELLE ATTENDAIT, QUI HABITAIT... HEU... LES ÉTOILES, ET QUI CHERCHAIT INLASSABLEMENT À LA REJOINDRE, ET... ENFIN BREF! ELLE DÉRAILLAIT, QUOI! LA PREUVE! CES DERNIERS TEMPS, ELLE ÉTAIT PERSUADÉE D'ÊTRE PERSÉCUTÉE PAR UN INCONNU QUI LA SUIVAIT PARTOUT...
OUAIS! N'EMPÊCHE QUE SA PORTE A ÉTÉ DÉMOLIE À COUPS DE HACHE...
AVEC CES GENS-LÀ, ON NE PEUT JAMAIS SAVOIR! ELLE EST BIEN CAPABLE, POUR NOUS EMBÊTER, DE L'AVOIR CASSÉE ELLE-MÊME!
LAISSONS CELA AUSSI. DEPUIS COMBIEN DE TEMPS A-T-ELLE DISPARU?
TROIS JOURS.
TROIS JOURS!!! ET C'EST SEULEMENT MAINTENANT QUE VOUS NOUS PRÉVENEZ?
ON A TOUT D'ABORD CRU À UNE FUGUE... C'EST FRÉQUENT, ICI... ILS REVIENNENT PRESQUE TOUJOURS D'EUX-MÊMES, QUAND ILS ONT FAIM... ET PUIS, CET APRÈS-MIDI, ALBERT LE JARDINIER A TROUVÉ ÇA, DANS LA FORÊT...

QU'EST-CE QUE C'EST?
MON DIEU, COMMENT DIRE... C'EST, VOUS SAVEZ, UNE DE CES RIDICULES CHEMISES COURTES QUI SONT SI À LA MODE, EN CE MOMENT...
AXLE! AU SECOURS!
ÇA Y EST, MA BELLE! IL EST ENFIN ARRIVÉ!... IL Y A MIS LE TEMPS... ET IL TE VOIT!... REGARDE-LE, SUPERBE FOLLE! HAHAHA! LE SOUFFLE LUI MANQUE DÉJÀ...

INUTILE DE BRAILLER. PERSONNE AU MONDE NE PEUT T'ENTENDRE. PERSONNE. SAUF MOI.
JE PARIE QUE TU COMMENCES À AVOIR PEUR DE RÊVER, AXLE MUNSHINE... QUE LE SOMMEIL NE T'EST PLUS UN DOUILLET REFUGE, COMME NAGUÈRE, HEIN ?... ALLONS! RASSURE-TOI, JE NE L'AI PAS TOUCHÉE... OU SI PEU !... JE M'EN SERAIS VOULU DE COMMENCER SANS TOI!
ÇA, UNE TORTURE ?... TU PLAISANTES! TU DEVRAIS M'ÊTRE RECONNAISSANT, AU CONTRAIRE, DE ME VOIR D'HUMEUR AUSSI CARESSANTE, PARCE QUE...
...QUAND J'AURAI BIEN JOUÉ AVEC CETTE FILLE, DE TOUTES LES MANIÈRES, ET QUE J'EN SERAI REPU, IL SE POURRAIT BIEN QUE J'ESSAIE SUR ELLE QUELQUES OUTILS TELS QUE CEUX QUE TU VOIS LÀ...
...HISTOIRE DE NE PAS PERDRE LA MAIN. ET, POUR FINIR, IL SE POURRAIT BIEN...

...OUI, AXLE MUNSHINE, IL SE POURRAIT BIEN QUE...
...JE LA TUE!
POURQUOI CETTE CRUAUTÉ?... POUR QUE TU SOIS TOUT À FAIT CONVAINCU QUE LA PARTIE EST PERDUE POUR TOI. JE CONNAIS LA PORTE QUI MÈNE DE "L'AUTRE CÔTÉ", ET TOI NON!...
...JE PEUX ME RENDRE À VOLONTÉ DANS CE MONDE-CI, M'Y INCARNER SOUS LA FORME QUI ME CONVIENT LE MIEUX, ET EN SORTIR QUAND BON ME SEMBLE...
...JE PEUX FAIRE DE CE FANTASME SUPERBE CE QUE JE VEUX, EN TOUTE IMPUNITÉ, ET TU NE POURRAS QUE ME REGARDER, ET GÉMIR, ET TE TORDRE DE RAGE IMPUISSANTE, ET APPELER LA MORT COMME UNE DÉLIVRANCE...
PARCE QUE JE SAIS FORCER TOUTES LES PORTES. TOUTES. SAUF UNE!
...ET, CELLE-LÀ, TU PEUX M'AIDER À M'EN PROCURER LA CLÉ, AXLE MUNSHINE! TOI, ET TOI SEUL!... NE T'EN VA PAS!... ...RESTE!... TU ACCEPTES LE MARCHÉ?...
11/8

ALLONS! JE SAVAIS BIEN QUE TU ACCEPTERAIS MA PROPOSITION SANS FAIRE D'HISTOIRES...
?
TU VOIS, COMME TOUT EST SIMPLE, AXLE MUNSHINE. SIMPLE! IL SUFFIT DE CÉDER. DE SE SOUMETTRE. C'EST TOUT. TU VOIS, JE LA LAISSE... C'EST FINI! JE N'Y TOUCHE PLUS! TOUT À L'HEURE, JE LA RECONDUIRAI MÊME JUSQU'À LA CLINIQUE... EN ÉCHANGE...
...JE VEUX SEULEMENT QUE TU PRÉLÈVES SUR LE...
FLOUSSCHHH...
FOUTREPÊT! LE FILM EST FINI!!!
QU'IL PRÉLÈVE QUOI? OÙ? COMMENT?
PAF! PAF! PAF!
JUSTE AU MOMENT OÙ CE DÉMON AU REGARD FUMANT ALLAIT RÉVÉLER SES INTENTIONS... DOMMAGE! LE RESTE DU FILM A BRÛLÉ.
PAUVRE AXLE! JE COMMENCE À ENTREVOIR LE DRAME ABOMINABLE QU'IL A VÉCU... N'ÊTRE PLUS LE MAÎTRE CHEZ SOI, JUSQUE DANS SES RÊVES LES PLUS INTIMES! QUELLE HORREUR!
12
8

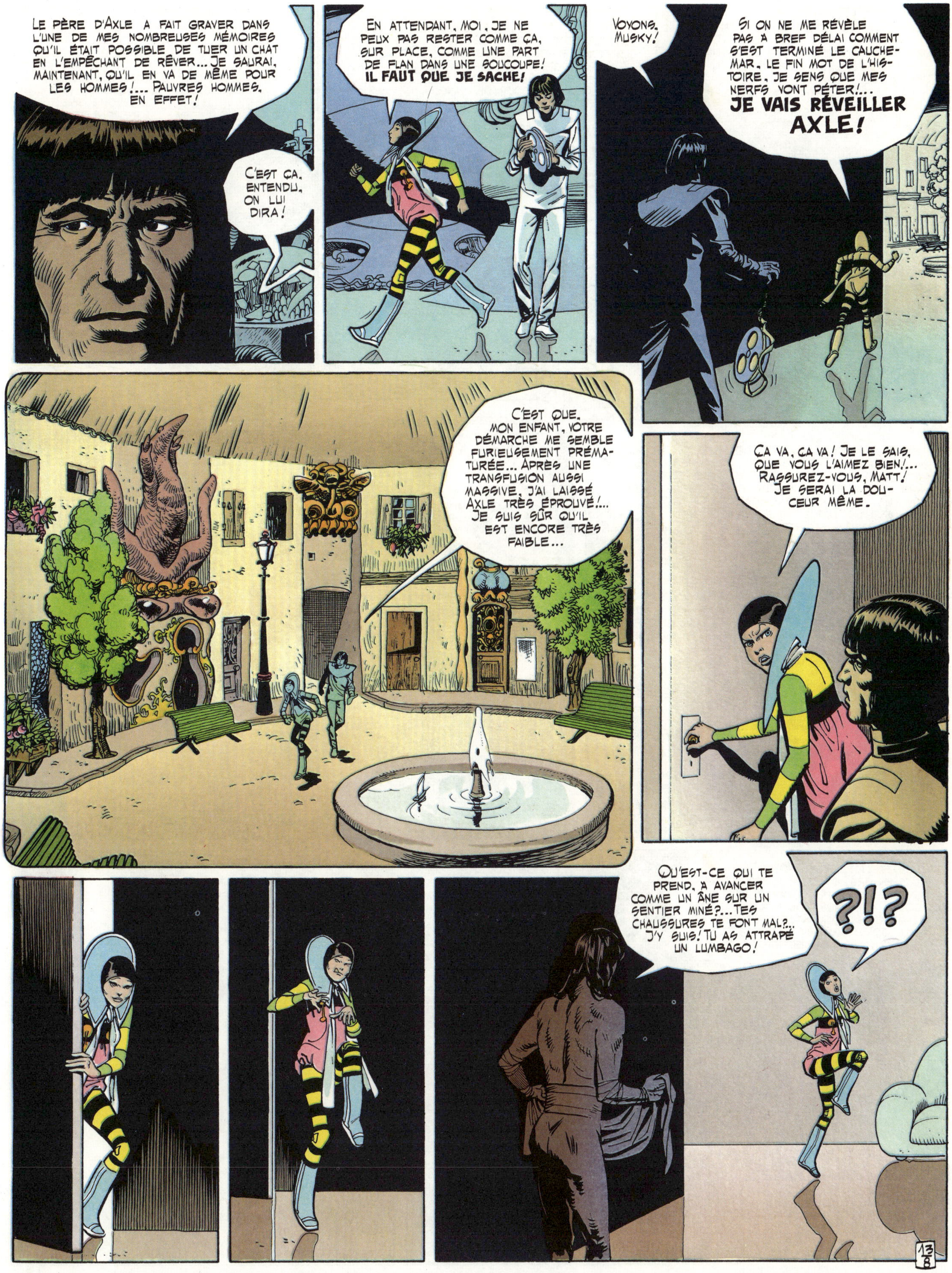
LE PÈRE D'AXLE A FAIT GRAVER DANS L'UNE DE MES NOMBREUSES MÉMOIRES QU'IL ÉTAIT POSSIBLE DE TUER UN CHAT EN L'EMPÊCHANT DE RÊVER... JE SAURAI, MAINTENANT, QU'IL EN VA DE MÊME POUR LES HOMMES !... PAUVRES HOMMES, EN EFFET !
C'EST ÇA, ENTENDU, ON LUI DIRA !
EN ATTENDANT, MOI, JE NE PEUX PAS RESTER COMME ÇA, SUR PLACE, COMME UNE PART DE FLAN DANS UNE SOUCOUPE ! **IL FAUT QUE JE SACHE !**
VOYONS, MUSKY !
SI ON NE ME RÉVÈLE PAS À BREF DÉLAI COMMENT S'EST TERMINÉ LE CAUCHEMAR, LE FIN MOT DE L'HISTOIRE, JE SENS QUE MES NERFS VONT PÉTER !... **JE VAIS RÉVEILLER AXLE !**
C'EST QUE, MON ENFANT, VOTRE DÉMARCHE ME SEMBLE FURIEUSEMENT PRÉMATURÉE... APRÈS UNE TRANSFUSION AUSSI MASSIVE, J'AI LAISSÉ AXLE TRÈS ÉPROUVÉ !... JE SUIS SÛR QU'IL EST ENCORE TRÈS FAIBLE...
ÇA VA, ÇA VA ! JE LE SAIS, QUE VOUS L'AIMEZ BIEN !... RASSUREZ-VOUS, MATT ! JE SERAI LA DOUCEUR MÊME.
QU'EST-CE QUI TE PREND, À AVANCER COMME UN ÂNE SUR UN SENTIER MINÉ ?... TES CHAUSSURES TE FONT MAL ?... J'Y SUIS ! TU AS ATTRAPÉ UN LUMBAGO !
?!?

TIENS! TU ES DÉJÀ DEBOUT?
DÉCIDÉMENT, ON NE PEUT RIEN TE CACHER, GROS MALIN!
C'EST ÇA! MONSIEUR S'OUVRE LES VEINES, ET, TOUT DE SUITE APRÈS, MONSIEUR FAIT L'ESPRIT FORT! MONSIEUR PRATIQUE LA TECHNIQUE DE L'ANTICLIMAX (*)!... TOUT CELA N'EST GUÈRE MALIN, AXLE! TU AS PERDU BEAUCOUP DE SANG. IL TE FAUT DU REPOS ET DU CALME! DU CALME! VA TE COUCHER!
LE GAMIN A RAISON, AXLE!
TIENS! VOUS ÉTIEZ LÀ, MATT! VOUS ÉTIEZ POURTANT EN CONGÉ DE LONGUE DURÉE. COMMENT SE FAIT-IL QUE VOUS AYEZ REPRIS DU SERVICE?
VOTRE CHARMANT AMI AVAIT BIEN BESOIN DE MON SAVOIR-FAIRE! IL EST VENU ME CHERCHER, QUELQUES INSTANTS AVANT QUE VOUS SOYEZ VIDÉ COMME UN LAPIN. ET J'AI RÉUSSI À VOUS RATTRAPER PAR LES CHEVEUX. LE PAUVRE ENFANT ÉTAIT DANS TOUS SES ÉTATS!
HOLÀ, DANS TOUS MES ÉTATS! N'EXAGÉRONS RIEN, HEIN!
J'AI HONTE DE VOUS AVOIR OFFERT UN SPECTACLE AUSSI LAMENTABLE. JE VOUS DOIS DES EXCUSES, MATT!... J'ÉTAIS FOU DE RAGE. IL FALLAIT QUE JE TUE! QUE JE TUE!... ET JE N'AVAIS QUE MOI SOUS LA MAIN...
JE VOUS COMPRENDS, AXLE!
BIEN SÛR, QU'ON TE COMPREND, GRANDE ANDOUILLE!
JE VOIS! AINSI, VOUS AVEZ VISIONNÉ MES FILMS, MATT!
IL LE FALLAIT, AXLE! VOTRE VIE ÉTAIT EN JEU, ET JE SUIS TOUJOURS INQUIET, D'AILLEURS... PARCE QUE, CET INCONNU QUI PASSE DE "L'AUTRE CÔTÉ" COMME EN SE JOUANT, EST LE PREMIER, À MA CONNAISSANCE, À DISPOSER D'UN POUVOIR AUSSI EFFRAYANT...
(*) Note du télépathotraducteur: Anticlimax: vieille recette littéraire du XXe siècle, complètement tombée en désuétude depuis.
JE SAIS. C'EST BIEN POURQUOI IL A TOUJOURS PRIS SOIN DE GOMMER SON VISAGE, DE LE BROUILLER, AFIN QU'IL N'EN RESTE NULLE TRACE DANS MA CONSCIENCE...
CET HOMME, AXLE, IL TE PERSÉCUTE DANS UN BUT PRÉCIS. IL A EXIGÉ DE TOI QUELQUE CHOSE! DIS-MOI CE QUE C'EST!
NON.

NON?/?... POURQUOI, NON?
ÇA NE TE REGARDE PAS. LAISSE.
POUTREMERDE! ET POURQUOI NE VEUT-IL JAMAIS PARTAGER SES SOUCIS AVEC MOI, PROFESSEUR? MOI QUI RÊVE TANT DE POUVOIR L'AIDER!
OUI. VOUS RÊVEZ D'EN FAIRE VOTRE DÉBITEUR. IL LE SAIT ET IL SE DÉFILE. IL EST MALIN.
AXLE! C'EST LA PREMIÈRE FOIS QUE TU FAIS DES MYSTÈRES AVEC MOI!... JE... JE NE POURRAI PAS LE SUPPORTER! C'EST QUOI? C'EST DONC SI TERRIBLE?
LAISSE, TE DIS-JE!
C'EST ÇA! JOUE LES GRANDS SILENCIEUX, LES TACITURNES, LES CONSTIPÉS DU LARYNX! TU PARLES! ON TE RIDICULISE! ON T'HUMILIE! ON TE MANIPULE COMME UNE POUPÉE DE CHIFFON! ON TE TRIMBALLE EN TOUS SENS! ON TE POURCHASSE JUSQU'AU FOND DE TES NUITS! ON TE COCUFIE! ET TOI, QU'EST-CE QUE TU FAIS? TU FAIS LA GUEULE!
DE "L'AUTRE CÔTÉ", IL EST LE MAÎTRE DU JEU, ET FAIT DE MOI UN SIMPLE SPECTATEUR, UN INFIRME. MAIS, DE CE CÔTÉ-CI, LA CHANSON N'EST PAS LA MÊME!... JE PEUX TE PROMETTRE UNE CHOSE, PERROQUET BRAILLARD. JE VAIS LE RETROUVER, ET...
L'ÉCRASER COMME UNE PUNAISE!
BIEN PARLÉ, AXLE! JE TE RETROUVE ENFIN!
LORS DE LA TRANSFUSION, J'EN AI PROFITÉ POUR AJOUTER AU PLASMA UN PEU DE SANG DE CROTIGA DU BLETZ ... VOUS SAVEZ, CES CARNIVORES SI RÉPUTÉS POUR LEUR FORMIDABLE AGRESSIVITÉ...
JE ME DISAIS, AUSSI!!!... JE COMMENCE MÊME À ME DEMANDER SI VOUS N'AVEZ PAS UN PEU FORCÉ LA DOSE...
15/8

PUTENTRAILLES! OÙ COURT-IL AINSI, EN CABRIOLANT COMME UN CABRI ÉPILEPTIQUE?
EUH... À MON AVIS, DANS LA CHAMBRE DE TÉLÉCOM'. EN PASSANT PAR LA FALAISE, C'EST UN PEU PLUS COURT.
JE SUIS PRÊT À PARIER UNE CHOSE...
JE PARIE QUE LES CROTIGA DU BLETZ ONT DES CORNES, DES SABOTS ET QU'ILS VIVENT EN MONTAGNE!
AXLE!... AFFF... SERAIT-CE TROP TE DEMANDER DE NOUS... AFFF... ÉCLAIRER SUR TES INTENTIONS?
JE LUI EVOIE UN MESSAGE MULTIDIRECTIONNEL.
...LA PORTÉE ÉMETTRICE DU "DAUPHIN D'ARGENT" EST L'UNE DES PLUS PUISSANTES QUI SE PUISSENT IMAGINER. JE NE CONNAIS AUCUN VAISSEAU, PAR TOUT LE COSMOS, QUI PUISSE ÉMETTRE AUSSI LOIN ET FORT. IL ME RECEVRA. DE TOUTE FACON, JE NE SERAIS PAS ÉTONNÉ D'APPRENDRE QU'IL EST EMBUSQUÉ DANS L'OMBRE, PAS LOIN...
VIOLEUR DAME! FACE D'OMBRE! CHAROGNE!
C'EST AXLE MUNSHINE QUI TE PARLE!
TU VOULAIS ME VOIR!
ME VOICI! RÉPONDS!
EUH ?... ET... TU CROIS QU'IL RÉPONDRA?
TU PARLES, QU'IL RÉPONDRA. IL N'ATTEND QUE CA!
DIGIDIP-DIPDIP-TIGI
TIENS! QU'EST-CE QUE JE DISAIS! LE TÉLESCRIPTEUR!
C'EST LA RÉPONSE, MATT?
NON. C'EST LE CATALOGUE D'UNE VENTE AUX ENCHÈRES PUBLIQUES!!!
DIGIDIP-DIP-DIP-DIP-DIP-DIGI
16/8

UNE VENTE AUX ENCHÈRES!!! HAHAHA!... TON TÉLESCRIPTEUR EST BON À METTRE AU RENCART, AXLE! IL DÉBLOQUE!... QUANT À TES MESSAGES, TU FERAIS MIEUX DE LES ENVOYER DANS UNE BOUTEILLE...
DITES-MOI, MATT...
...CETTE VENTE... ELLE SE DÉROULERA BIEN À UNE DATE, UNE HEURE, ET DANS UN LIEU PRÉCIS?
DATE, HEURE, LIEU. LONGUEUR D'ONDE DE LA BASE, NUMÉRO D'IDENTIFICATION POUR L'AUTORISATION D'APPROCHE, TOUT Y EST!
C'EST LE RENDEZ-VOUS QUE J'ATTENDAIS!
PROGRAMMEZ LES COORDONNÉES SUR LE PILOTAGE AUTOMATIQUE, MATT, EN LIGNE DIRECTE ET EN MÉGAVITESSE.
AVANT DE LES PROGRAMMER, AXLE, IL FAUT TOUT DE MÊME QUE VOUS LE SACHIEZ! CETTE VENTE A LIEU AU CENTRE DE LA CONSTELLATION DES BASSES-TERRES, DANS LE SYSTÈME DIT "DE LA TORTUE"...
EH BIEN?!? QU'EST-CE QU'IL Y A? QU'EST-CE QUE VOUS AVEZ À VOUS REGARDER COMME DEUX LÉPREUX AU COIN D'UN BOIS?
PROGRAMMEZ QUAND MÊME, ET... DITES-LUI TOUT, MATT!
17/8

J'AI PEUR POUR AXLE !... LE SYSTÈME DE LA TORTUE, DANS LA GALAXIE DES KARAHÏBES, EST LE REPAIRE AVOUÉ, TOLÉRÉ, RECONNU DE TOUS LES PIRATES, BARBARESQUES, CORSAIRES, ET AUTRES BOUCANIERS (*) DE L'ESPACE !...
(*) Boucaniers : Aventuriers aux habitudes alimentaires détestables. (Peu usité).
ILS VIVENT DE VOLS ET DE RAPINES, ARRAISONNENT TOUS LES VAISSEAUX ISOLÉS QUI PASSENT À LEUR PORTÉE, LAPIDENT, ÉGORGENT, VIOLENT ET N'OBÉISSENT QU'À LEURS PROPRES LOIS. ILS SONT PUISSANTS ET BIEN RETRANCHÉS, ET LA GUILDE ELLE-MÊME PRÉFÈRE NE PAS LES AFFRONTER DE FACE...
VOILÀ OÙ L'ON VA, PETIT !
HEU, DIS, AXLE !...
QUOI ENCORE ?
EST-CE QUE TU NE CROIS PAS QUE CE SERAIT L'OCCASION OU JAMAIS DE RÉVEILLER TOUS CES FIERS COMPAGNONS QUI SONT À BORD, ROLL-LE-JOYEUX, JAMY-TOUJOURS-LÀ, BOBY-POURQUOI-PAS, ET TOUS LES AUTRES... (*)
(*) Humanoïdes et compagnons d'enfance d'Axle. Voir le tome 1.
NON, MON PETIT PÈRE ! IL N'EN EST PAS QUESTION. MOI, QUAND J'INVITE MES AMIS, C'EST POUR ALLER À LA FÊTE...
IL EST AGAÇANT, HEIN ?
J'EN ÉTAIS SÛR !... J'ÉTAIS CERTAIN QU'IL ALLAIT ME RÉPONDRE UNE ÂNERIE !
"LA TORTUE" !... DANS L'ESPACE, CE NOM RÉSONNE COMME UN GLAS, ET ÉVOQUE MILLE LÉGENDES PLUS SANGLANTES LES UNES QUE LES AUTRES... ON N'Y RESPECTE QUE LA FORCE ET LA BRUTALITÉ. NULLE PART AILLEURS ON N'Y MÉPRISE AUTANT LA VIE, ET RARES SONT CEUX QUI EN SONT REVENUS...

SUR CETTE PLANÈTE, SEULS LES PIRATES PROFESSIONNELS, CONFRÉRIE REDOUTABLE ET FÉROCE À L'INTÉRIEUR DE LAQUELLE IL EST DIFFICILE D'ÊTRE ADMIS, OSENT VENIR POUR RELÂCHER À L'ABRI, SE DISTRAIRE, DÉPENSER FOLLEMENT LEUR BUTIN, PANSER LEURS PLAIES...
...OU PLUS SIMPLEMENT SE REPOSER DES RISQUES ENCOURUS À PRENDRE À L'ABORDAGE TOUS LES PETITS VAISSEAUX QUI S'AVENTURENT IMPRUDEMMENT DANS L'ESPACE SANS DISPOSER D'UN ARMEMENT SUFFISANT...
SUR LA TORTUE, TOUTES LES RACES DU COSMOS SE CÔTOIENT, DU MOINS CELLES QUI SONT PUISSAMMENT ARMÉES POUR LE COMBAT, ET QUE LEUR AGRESSIVITÉ NATURELLE, LE GOÛT DU SANG ET L'APPÂT DU GAIN PRÉDISPOSENT À LA FLIBUSTE. AUSSI Y RENCONTRE-T-ON BEAUCOUP D'HOMMES...
LE DÉMON DES KARAHIBES
AU MONSTRE DU COSMOS
AU BOUCANIER CÉLESTE

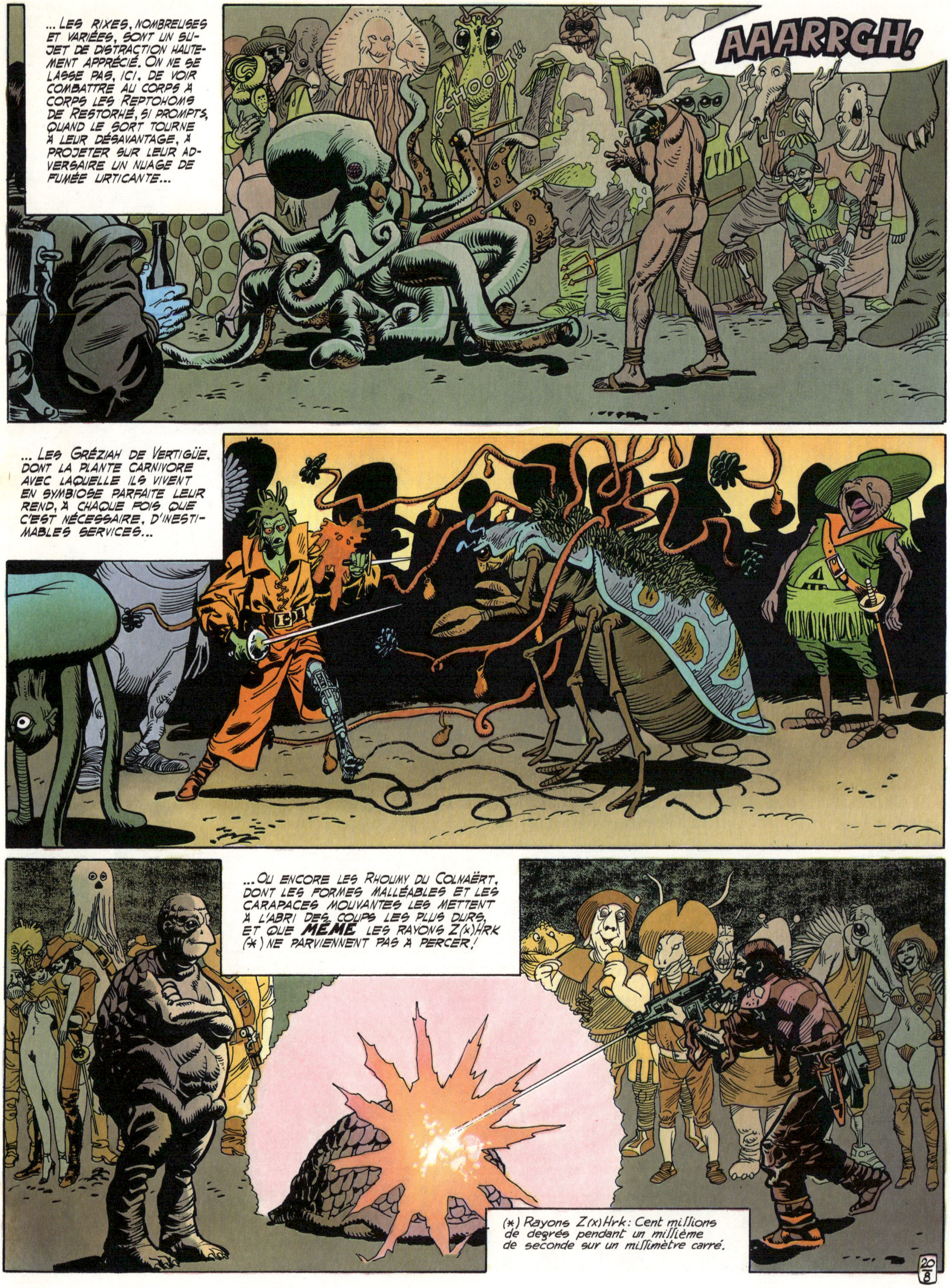
...LES RIXES, NOMBREUSES ET VARIÉES, SONT UN SUJET DE DISTRACTION HAUTEMENT APPRÉCIÉ. ON NE SE LASSE PAS, ICI, DE VOIR COMBATTRE AU CORPS À CORPS LES REPTOHOMS DE RESTORHÉ, SI PROMPTS, QUAND LE SORT TOURNE À LEUR DÉSAVANTAGE, À PROJETER SUR LEUR ADVERSAIRE UN NUAGE DE FUMÉE URTICANTE...
PCHOOUT!!
AAARRGH!
...LES GRÉZIAH DE VERTIGÜE, DONT LA PLANTE CARNIVORE AVEC LAQUELLE ILS VIVENT EN SYMBIOSE PARFAITE LEUR REND, À CHAQUE FOIS QUE C'EST NÉCESSAIRE, D'INESTIMABLES SERVICES...
...OU ENCORE LES RHOUMY DU COLNAËRT, DONT LES FORMES MALLÉABLES ET LES CARAPACES MOUVANTES LES METTENT À L'ABRI DES COUPS LES PLUS DURS, ET QUE MÊME LES RAYONS Z(X)HRK (*) NE PARVIENNENT PAS À PERCER!
(*) Rayons Z(x)Hrk : Cent millions de degrés pendant un millième de seconde sur un millimètre carré.

HOLA, BEAU MÂLE! REGARDE UN PEU PAR ICI, ET LAISSE COURIR TES YEUX!... JE SUIS SÛRE QUE JE PEUX TE RENDRE SERVICE. DIS-MOI CE QUE TU CHERCHES!
LA SALLE DES VENTES.
BAH! CE N'EST PAS À DROUYÔH (*) QUE TU FERAS DES AFFAIRES, JOLI TÉNÉBREUX. LES ESPAIRS DU KOMPRINTZ TRUQUENT LES CARTES, ET NE LAISSENT RIEN PASSER SANS EXERCER LEUR DROIT DE PRÉEMPTION! APPROCHE! ALLONS, APPROCHE DONC!
(*) Salle des ventes, encore appelée "Hôtel Drouyôh", du nom de la tribu qui vivait à cet endroit il y a longtemps.
SI TU AS UN BEAU BUTIN À VENDRE, JE PEUX T'ENVOYER À UNE AMIE QUI T'INTRODUIRA SUR LE MARCHÉ PARALLÈLE, ET TU TIRERAS DE TA MARCHANDISE LE DOUBLE OU LE TRIPLE QU'À L'HÔTEL...
AMARANDE! L'HÔTEL DROUYÔH EST LA SEULE INSTITUTION HABILITÉE SUR LA PLANÈTE À ÉCOULER LA MARCHANDISE VOLÉE!... TU VAS FINIR PAR NOUS FAIRE AVOIR DES ENNUIS AVEC LA GARDE DU KOMPRINTZ!
EH, VOUS, LÀ-BAS!
FOIRE!... DES SERGENTS-RÔDEURS!!!
ON NE VOUS A JAMAIS VUS DANS LES PARAGES, LES GARS... VOUS ÊTES DRÔLEMENT GONFLÉS D'OSER VENIR VOUS AVENTURER PAR ICI... QUELQU'UN A PRIS LE RISQUE DE VOUS PARRAINER?
NON. PERSONNE...
...J'AI SEULEMENT REÇU CE CATALOGUE, POUR UNE VENTE AUX ENCHÈRES, AVEC UNE INVITATION, ET UN NUMÉRO RÉFÉRENDAIRE...
QUEL NUMÉRO?
(13)± TREIZE FOIS!
21 8

OUBLIEZ TOUT CE QUE J'AI DIT, MESSIRE, ET PARDON POUR L'OFFENSE. JE NE POUVAIS PAS SAVOIR, HEIN!... SOYEZ LES BIENVENUS SUR LES TERRES DE LA TORTUE, ET QUE LES VENTS DE L'ESPACE VOUS RAMÈNENT SOUVENT JUSQU'À NOUS.
POUR L'HÔTEL DROUYOH, C'EST PAR LÀ. VOUS NE POUVEZ PAS LE MANQUER...
ET VIVE LA FLIBUSTE!
POUTREFIENTE! QUE DE RÉVÉRENCES ET DE COURBETTES, SOUDAIN!... QU'EST-CE QUI LES A MIS DANS CET ÉTAT?
ÇA M'A TOUT L'AIR D'ÊTRE À CAUSE DU CHIFFRE ÉMETTEUR...
PARDI! C'EST CELUI DU KOMPRINTZ EN PERSONNE!
AMARANDE, FOUTUE BAVARDE! RELÈVE TES JUPES, TA TÊTE EST EN JEU!
ZOULMA A RAISON! SI J'AVAIS SU QUE J'AVAIS AFFAIRE À UN AMI DU KOMPRINTZ, J'AURAIS TENU MA LANGUE! VOUS VOUS ÊTES JOUÉ DE MOI, ET SI ON ME FAIT SAUTER LA TÊTE, JE SAURAI À QUI JE LE DOIS...
JE M'EN VOUDRAIS D'APPRENDRE UN JOUR QU'ON A SÉPARÉ LE HAUT DU BAS, QUI VONT SI BIEN ENSEMBLE... RASSURE-TOI, LA BELLE, JE NE TE TRAHIRAI PAS!
BIEN JOUÉ, AMARANDE!
JE N'AI PAS DE MÉRITE... JE L'AI BIEN SENTI, SON COEUR ÉTAIT COMME MORT.
AINSI TOI, AXLE, GRAND SÉDUCTEUR DE PUTAINS EN TOUS GENRES, TE VOILÀ INVITÉ PAR LE KOMPRINTZ QUI SEMBLE ÊTRE LE MAÎTRE, DANS LE COIN! C'EST MARRANT, NON? J'AIMERAIS BIEN SAVOIR CE QUE TU EN PENSES...
RIEN! IL Y A UN TEMPS POUR PENSER, ET UN TEMPS POUR MARCHER. MARCHE OU VA PENSER AILLEURS!
22 8

SALLES 1 A 7
SALLES 7 A 12
AUJOURD'HUI À 14 HEURES 30 HEURE LOCALE SOUS LE MINISTÈRE DE Me LIONDMER et BOURAIN
GRANDE VENTE AUX ENCHÈRES PUBLIQUE
D'UN ENSEMBLE EXCEP-TIONNEL DE MARCHANDISES VOLÉES.
EXPOSITION PUBLIQUE DE 11h. À 13h.
PUTENTRAILLES! TOUTES CES RI-CHESSES INOUÏES, AC-CUMULÉES EN UN AUSSI PETIT ESPACE... J'EN AI L'ESTOMAC TOUT CHAMBARDEBOULÉ!
AINSI, C'EST LÀ, À CET ENDROIT PRÉCIS, QU'IL VOULAIT ME FAIRE VENIR!... BON. J'Y SUIS. MAINTENANT, JE NE VAIS PLUS TARDER À SAVOIR POURQUOI!

FOUTREKUT! QU'ELLE EST GROSSE!... COMMENT ÇA SE PEUT?
LA PLUS GROSSE RUMERAUDE CONNUE SITE DE KOPERNAK GALAXIE DES HYPOBORÉEN
COMMENT ÇA S'OUVRE?
SCAPHANDRE GALLINACÉEN VERROUILLÉ TROISIÈME DYNASTIE DES KODÊH'S.
À QUOI ÇA SERT?
BUFFET HENRI II AUTEL SACRÉ VOUÉ AU CULTE DU DIEU HENRI, PATRON DES RÉCOLTES ET DE L'ABONDANCE-3E MILLEN AV. J.C.-Me BALLA-BROUS, EXPERT.
MINISPACIONEF COOPER 1.200 ANNÉES-LUMIÈRE AU COMPTEUR-ENTIÈREME REVISÉ, PREMIÈRE MAIN.
COMMENT ÇA MARCHE?
C'EST POUR QUOI FAIRE?
INSTRUMENT ARATOIRE PRÉHISTORIQUE ORIGINE INCONNUE
MASQUE DE KYSKO'P À DOUBLE FOYER RÉTICULAIRE DESTRUCTEUR DE CELLULES CÉRÉBRALES DANGEREUX
COMMENT ÇA SE MET?
PAR OÙ ÇA TIRE?
AUTHENTIQUE FUSIL LANCE-BIGLETT (COL. WILDENSCHTROP) PROBABLEMENT CHARGÉ NE PAS TOUCHER
AXLE, PUTENTRAILLES! TU ES TOUT VERT! QU'EST-CE QUE TU AS VU?
LÀ, REGARDE!... REGARDE!!
24 8

BUSTE DE FEMME
DÉROBÉE DANS LES TERRES ENDORMIES.
C'EST ELLE, N'EST-CE PAS?... C'EST CHIMEER?
OUI. TELLE QUE JE L'AI VUE, LA DERNIÈRE FOIS...
MAINTENANT, JE SAIS POURQUOI IL M'A ATTIRÉ JUSQU'ICI...
VOUS ÊTES L'ES-PAIR COMMIS AUPRÈS DU COMMISSAIRE-FOUINEUR?
TOUT À VOTRE SERVICE, L'AMI!
AXLE, J'AI PEUR! CET HOMME, QUI LA POURCHASSE POUR MIEUX T'ABATTRE, EST DÉCIDÉMENT TROP PUISSANT! J'AI PEUR, JE TE DIS! POURQUOI NE PAS LUI DONNER CE QU'IL TE RÉCLAME, SI TU LE PEUX?
NON! C'EST TROP DEMANDER... PLUTÔT MOURIR! JE NE PEUX PAS!
JE NE PEUX PAS!
OUI, C'EST UNE PIÈCE TRÈS INTÉRESSANTE... JE N'EN AI JAMAIS VUE DE SEMBLABLE DE TOUTE MA CARRIÈRE... ELLE EST TRÈS REMARQUÉE DEPUIS L'OUVERTURE DE L'EXPO, ET JE CONNAIS DÉJÀ PLUSIEURS COLLECTIONNEURS RÉPUTÉS QUI NE VIENDRONT QUE POUR ELLE... VOUS AVEZ TRÈS BON GOÛT, L'AMI!...
...À MON AVIS, ELLE A ÉTÉ EXÉCUTÉE SELON DES TECHNIQUES ANCIENNES QUI SE SONT PERDUES DEPUIS, DANS UNE CIVILISATION LOINTAINE TRÈS DIFFICILE À CERNER. L'EXPRESSION DE SOUFFRANCE INTENSE EST BIEN RENDUE. L'ARTISTE AVAIT DU TALENT. CELA RESPIRE LA VIE ET LE VÉCU...'
25/8

...LA MATIÈRE EST INCONNUE... UNE MATIÈRE PLASTIQUE, PROBABLEMENT... C'EST TRÈS ASTUCIEUX! AU TOUCHER, CELA DONNE L'IMPRESSION TRÈS EXCITANTE DU DOUX ET DU VELOUTÉ ET, CHOSE ENCORE PLUS SURPRENANTE, DU CHAUD AUSSI...
PARFAITEMENT. L'IMPRESSION DU CHAUD! JE T'ASSURE!... VAS-Y, SI TU NE ME CROIS PAS. APPROCHE! TU PEUX Y TOUCHER!
TU VAS VOIR... C'EST TOUT COMME UNE VRAIE!
ET, VOUS AVEZ VU?... PAR MOMENTS, GRÂCE À UN MÉCANISME DE CONDENSATION SANS DOUTE, ÇA PLEURE MÊME DES LARMES DE SANG!... ENFIN, DE SANG, DES LARMES TEINTÉES DE ROUGE, QUOI! AVOUEZ QUE C'EST JOLI, NON?
QUEL EST LE VENDEUR?
ÇA, L'AMI! CE N'EST PAS LE GENRE DE QUESTION À POSER DANS UN ENDROIT COMME CELUI-LÀ!... QU'EST-CE QUE TU CHERCHES? QU'EST-CE QUE TU VEUX?... QUE J'APPELLE LES SERGENTS-RÔDEURS?

HO, MASTER !... LA STATUE QUI EMBRASSE AVEC LES LÈVRES, LA LANGUE ET LES DENTS, C'EST...
OUI, OUI. C'EST BIEN CELLE-LÀ !
JE PEUX ?
MAIS OUI, L'AMI ! TU PEUX ESSAYER ! QU'EST-CE QUE TU CROIS, ELLE EST LÀ POUR ÇA !
LES LÈVRES SONT DOUCES ET TENDRES COMME DES LÈVRES VIVANTES, ET, QUAND ON APPLIQUE LA BOUCHE SUR CETTE BOUCHE, ON JURERAIT QU'ELLE RÉPOND À VOTRE SOLLICITATION... VOUS AUSSI, VOUS POURREZ ESSAYER, L'AMI. ÇA N'ARRÊTE PAS DEPUIS CE MATIN...
HÉÉÉ...
FRAAAK !
AHHIIIII...

MAIS?!?... MAIS?!?...
KRAK
KRONK
KRIIIK
VOILÀ CET IDIOT QUI PIQUE SA CRISE, MAINTENANT!...
NON, AXLE! NON, PAS ÇA!!!
UN BARJÔH!... ET IL FAUT QUE CE SOIT SUR MOI QUE ÇA TOMBE!!!
WOUP
WOOOUP
WOUP

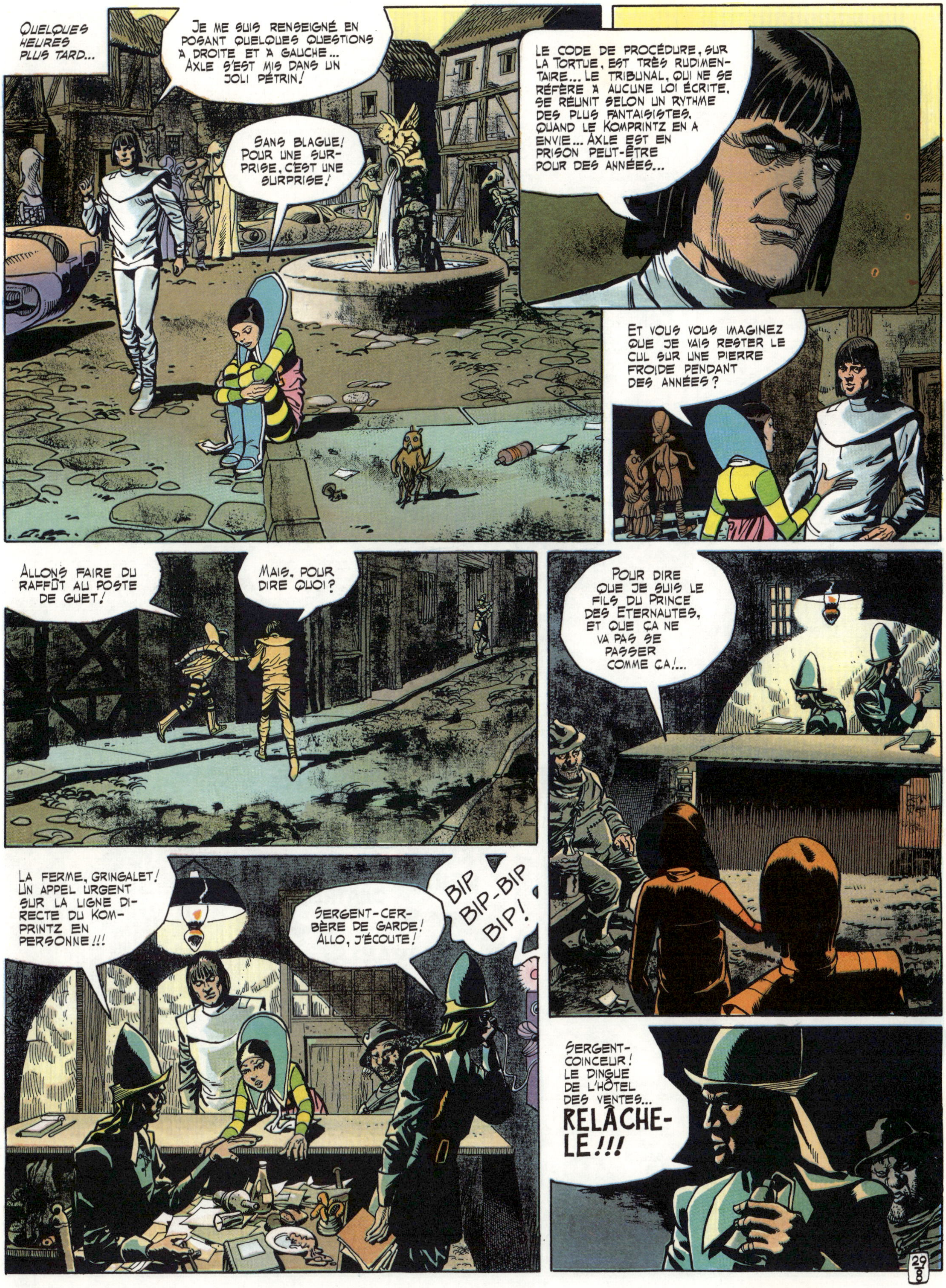
QUELQUES HEURES PLUS TARD...
JE ME SUIS RENSEIGNÉ EN POSANT QUELQUES QUESTIONS À DROITE ET À GAUCHE... AXLE S'EST MIS DANS UN JOLI PÉTRIN!
SANS BLAGUE! POUR UNE SURPRISE, C'EST UNE SURPRISE!
LE CODE DE PROCÉDURE, SUR LA TORTUE, EST TRÈS RUDIMENTAIRE... LE TRIBUNAL, QUI NE SE RÉFÈRE À AUCUNE LOI ÉCRITE, SE RÉUNIT SELON UN RYTHME DES PLUS FANTAISISTES. QUAND LE KOMPRINTZ EN A ENVIE... AXLE EST EN PRISON PEUT-ÊTRE POUR DES ANNÉES...
ET VOUS VOUS IMAGINEZ QUE JE VAIS RESTER LE CUL SUR UNE PIERRE FROIDE PENDANT DES ANNÉES?
ALLONS FAIRE DU RAFFÛT AU POSTE DE GUET!
MAIS, POUR DIRE QUOI?
POUR DIRE QUE JE SUIS LE FILS DU PRINCE DES ÉTERNAUTES, ET QUE ÇA NE VA PAS SE PASSER COMME ÇA!...
LA FERME, GRINGALET! UN APPEL URGENT SUR LA LIGNE DIRECTE DU KOMPRINTZ EN PERSONNE!!!
SERGENT-CERBÈRE DE GARDE! ALLO, J'ÉCOUTE!
BIP BIP-BIP BIP!
SERGENT-COINCEUR! LE DINGUE DE L'HÔTEL DES VENTES... RELÂCHE-LE!!!

ET VITE, QU'IL A DIT...
HO, C'EST UNE BLAGUE ?
DEPUIS QUAND DISCUTES-TU LES ORDRES, SERGENT-COIN-CEUR ?... CELUI-CI ÉMANE DI-RECTEMENT DU KOMPRINTZ, DONT J'AI RECONNU LA VOIX ! UN CONSEIL: REMUE-TOI !
SOUVENEZ-VOUS BIEN DE MOI, MESSIRE, ET RAPPELEZ-VOUS QUE JE NE VOUS AI PAS RU-DOYÉ, MOI, NI INSULTÉ, NI TOR-TURÉ, MÊME MORALEMENT, NI CRACHÉ À LA GUEULE, NI...
ÇA VA, ÇA VA ! DÉGAGE !
AXLE ! QU'EST-CE QUI T'A PRIS DE TE CONDUIRE DE LA SORTE ?
QUELLE HEURE EST-IL ?
MAIS QU'EST-CE QUE J'EN AI À FAIRE, MOI, DE L'HEURE ?
MA FOI, C'EST VRAI, TOUT VA TROP VITE. LA VENTE EST COMMENCÉE...
J'AI DONC ENCORE UNE PETITE CHANCE !... PLUS VITE ! PLUS VITE !
MAIS...?!? MAIS...?!?
MISE À PRIX: TRENTE ESCLAVES VAJHYNIENNES !
TRENTE-DEUX !
TRENTE-QUATRE !
QUARANTE !
MAIS ENFIN, AXLE ! DOUCEMENT !... ET POURQUOI T'A-T-ON RELÂCHÉ SI RAPIDE-MENT, À TON AVIS ?
J'AURAI LE TEMPS D'Y RÉFLÉ-CHIR PLUS TARD ! POUR LE MO-MENT UNE SEULE CHOSE COMPTE: LE BUSTE DE CHIMEER ! IL ME LE FAUT !

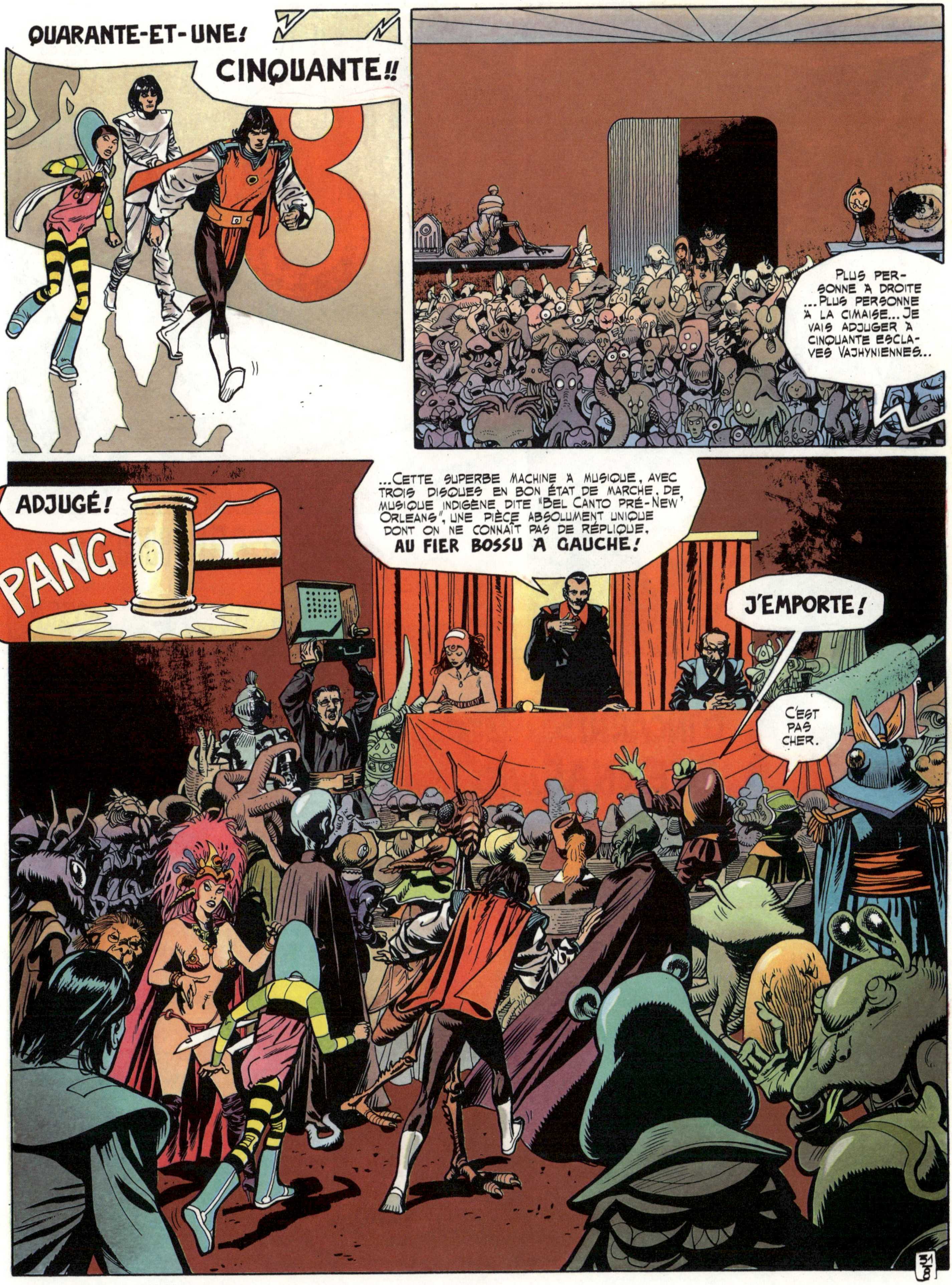
QUARANTE-ET-UNE!
CINQUANTE!!
PLUS PERSONNE À DROITE ...PLUS PERSONNE À LA CIMAISE... JE VAIS ADJUGER À CINQUANTE ESCLAVES VAJHYNIENNES...
ADJUGÉ!
PANG
...CETTE SUPERBE MACHINE À MUSIQUE, AVEC TROIS DISQUES EN BON ÉTAT DE MARCHE, DE MUSIQUE INDIGÈNE DITE "BEL CANTO PRÉ-NEW ORLEANS", UNE PIÈCE ABSOLUMENT UNIQUE DONT ON NE CONNAÎT PAS DE RÉPLIQUE, AU FIER BOSSU À GAUCHE!
J'EMPORTE!
C'EST PAS CHER.

OUF! CE N'ÉTAIT PAS LE BUSTE. AXLE!
UNE CHANCE POUR LE BOSSU. SINON, JE LE LUI REPRENAIS EN LUI COUPANT LA GORGE!
ET VOICI MAINTENANT LA PLUS BELLE PIÈCE DE LA DISPERSION, UN BUSTE DE FEMME, GRANDEUR NATURE, QUI PLEURE DES LARMES DE SANG, ET DONT LES LÈVRES S'ANIMENT AU CONTACT DE VOS LÈVRES...
UN OBJET EXTRA-ORDINAIRE, D'UNE QUALITÉ RARE, DONT LE PROPRIÉTAIRE DE-MANDE UN PRIX EXCEP-TIONNELLEMENT ÉLEVÉ ... ES-PAIR! À COM-BIEN LA MISE À PRIX?
OOOOOOOHHHHHH...
TROIS GRAINES D'INCARNIS ÉTERNAË!!!
LES TROIS GRAINES?!? NON, SANS BLAGUE!!!
MAIS... PERSONNE ICI NE POSSÈDE UN TEL TRÉSOR!?!
ET QUAND BIEN MÊME!... QUEL EST L'IMBÉCILE QUI IRAIT ÉCHANGER "LES TROIS GRAINES" S'IL LES AVAIT, CONTRE UNE VULGAIRE STATUE...?!?
L'INCONNU!... C'ÉTAIT DONC ÇA QU'IL T'AVAIT DEMANDÉ POUR TE LAISSER EN PAIX, HEIN, ANDOUILLE!
MES TROIS GRAINES!!
32 B

(*) Protest'sonn : protestation solennelle faite en public et qui a valeur de recours judiciaire.

JE VAIS LE FAIRE! QU'ON S'ÉCARTE D'ELLE!
J'ACCUSE LE VENDEUR DE CET OBJET D'AVOIR TRANSGRESSÉ LA RÈGLE LA PLUS PRÉCIEUSE DES LOIS FONDAMENTALES QUI RÉGISSENT LA FLIBUSTE!!!
VOUS ÊTES SÛR?... ET D'ABORD, DE QUELLE LOI S'AGIT-IL, JEUNE HOMME?
VOILÀ BIEN LÀ UNE QUESTION QUI NE ME SURPREND PAS. SURTOUT DANS LA BOUCHE D'UN ES-PAIR!!!
AAAAAHH
AAAAHH
UN PEU DE SILENCE, DANS LA SALLE!... PROTESTATAIRE, LE TEXTE, PAR DIEU! ÉNONCEZ LE TEXTE, QU'ON EN FINISSE!!!
PANG
PANG
IL S'AGIT DE LA LOI SACRÉE, LE CRIME SUPRÊME DEVANT LEQUEL LE PLUS FÉROCE, LE PLUS IMPITOYABLE, LE PLUS ENRAGÉ DES FLIBUSTIERS AURAIT RECULÉ HORRIFIÉ!...
IL A FRACTURÉ UN RÊVE!!!
OOOOOOHH
DE FORCE, IL A PÉNÉTRÉ DANS MES SONGES LES PLUS SECRETS, ET IL A ENLEVÉ LA FEMME QUE J'Y AIME!... C'EST ELLE!
DÈS LORS, JE TUE TOUS CEUX QUI OSERONT S'EN APPROCHER! CET OBJET M'APPARTIENT! IL EST LE PRODUIT DE MA FIÈVRE!!!
34
8

C'EST BIEN BEAU, TOUT ÇA, MAIS AS-TU DES PREUVES, FOUTU BAVARD?
LA PESTE SOIT DE TES PREUVES, TOI, L'ENFLURE! LES LOIS DE LA TORTUE NE SONT PAS CELLES D'UNE THÉOCRATIE, D'UNE PLOUTOCRATIE, D'UNE GÉRONTOCRATIE, D'UNE DÉMOCRATIE, OU DE DIEU SAIT QUEL SYSTÈME FANTAISISTE!
TA PAROLE NOUS SUFFIT, L'AMI!
OUI!
BIEN ENTENDU!
OUI!
J'EXIGE LA CONSTITUTION IMMÉDIATE D'UN TRIBUNAL D'EXCEPTION!
MAIS... MAIS...
YA PAS DE MAIS! C'EST LA LOI. QU'ON FASSE DONC COMME IL A DIT!... EN TANT QU'OFFICIANT MINISTÉRIEL, ET SOUS L'ARBITRAGE DE MA CHARGE, ABOYEUR, JE VOUS PRIE DE DÉSIGNER TROIS PERSONNES AU HASARD DANS LA SALLE!
VOUS, VOUS ET VOUS!
LE TRIBUNAL EST DÉSIGNÉ, MAÎTRE, ET CECI EN PLEINE CONFORMITÉ AVEC LES LOIS EN VIGUEUR DANS LE SYSTÈME DE LA TORTUE...
C'EST BIEN, PASSONS!... BON! ALORS, C'EST QUOI, LA SENTENCE?

À L'UNANIMITÉ MOINS UNE VOIX, LE TRIBUNAL A DÉCIDÉ, APRÈS EN AVOIR CONFORMÉMENT DÉLIBÉRÉ, QUE PLEINE RÉPARATION DEVAIT ÊTRE ACCORDÉE AU PLAIGNANT ET QUE JUSTICE DEVAIT ÊTRE RENDUE SELON LE MODE D'INSTRUCTION HABITUEL !!!
MAIS QU'EST-CE QUE C'EST QUE CETTE FICHUE MASCARADE ?!?
KOPF! KOPF!
FORT BIEN!... JE N'INSISTE PAS, JE M'INCLINE!... MIRABELLE, MON PETIT, PUISQU'IL LE FAUT, RÉVÉLEZ LE NOM DU VENDEUR!
13
LE... LE.. LE... KOMPRINTZ!!
PAS DE CHANCE, L'AMI!
DÉSOLÉ POUR TOI, MON VIEUX, MAIS TU L'AS BIEN CHERCHÉ!
PERSONNE N'A JAMAIS EU GAIN DE CAUSE, AVEC LUI... NAVRÉ, ON IGNORAIT...
LA VENTE REPRENDRA DEMAIN APRÈS LA CLÔTURE DE L'INSTRUCTION!
PANG
PANG
PUTENTRAILLES! QUELLE SALADE! ET CELA VEUT DIRE QUOI, TOUT CE TRUC?
QUE DEMAIN MATIN, AXLE DEVRA RENCONTRER LE KOMPRINTZ EN PERSONNE EN COMBAT SINGULIER... C'EST AINSI QU'ON INSTRUIT LES PROCÈS, SUR LA TORTUE... LA JUSTICE DONNE TOUJOURS RAISON AU VAINQUEUR, ET LE KOMPRINTZ N'A JAMAIS ÉTÉ VAINCU !!!
36
8

...J'AJOUTE QUE SI L'ACHETEUR-PROTESTATAIRE GAGNE LE TOURNOI, L'OBJET DU LITIGE LUI SERA ACQUIS SANS BOURSE DÉLIÉE...
PANG PANG PANG
...PAR CONTRE, SI LE PLAIGNANT EST DÉFAIT, QU'IL SOIT MORT OU VIF, IL LUI FAUDRA PAYER LE PRIX AU VENDEUR: LES TROIS GRAINES! C'EST LA LOI, ICI...
...QUI TE CAUTIONNE?
MOI, RADJ' MUSK' ALLULA, DIT MUSKY FILS DU PRINCE DES ÉTERNAUTES. JE PAIERAI!
CETTE NUIT-LÀ, AU BOUT DE LA PISTE DÉFONCÉE, À BORD DU "DAUPHIN D'ARGENT"...
37/8

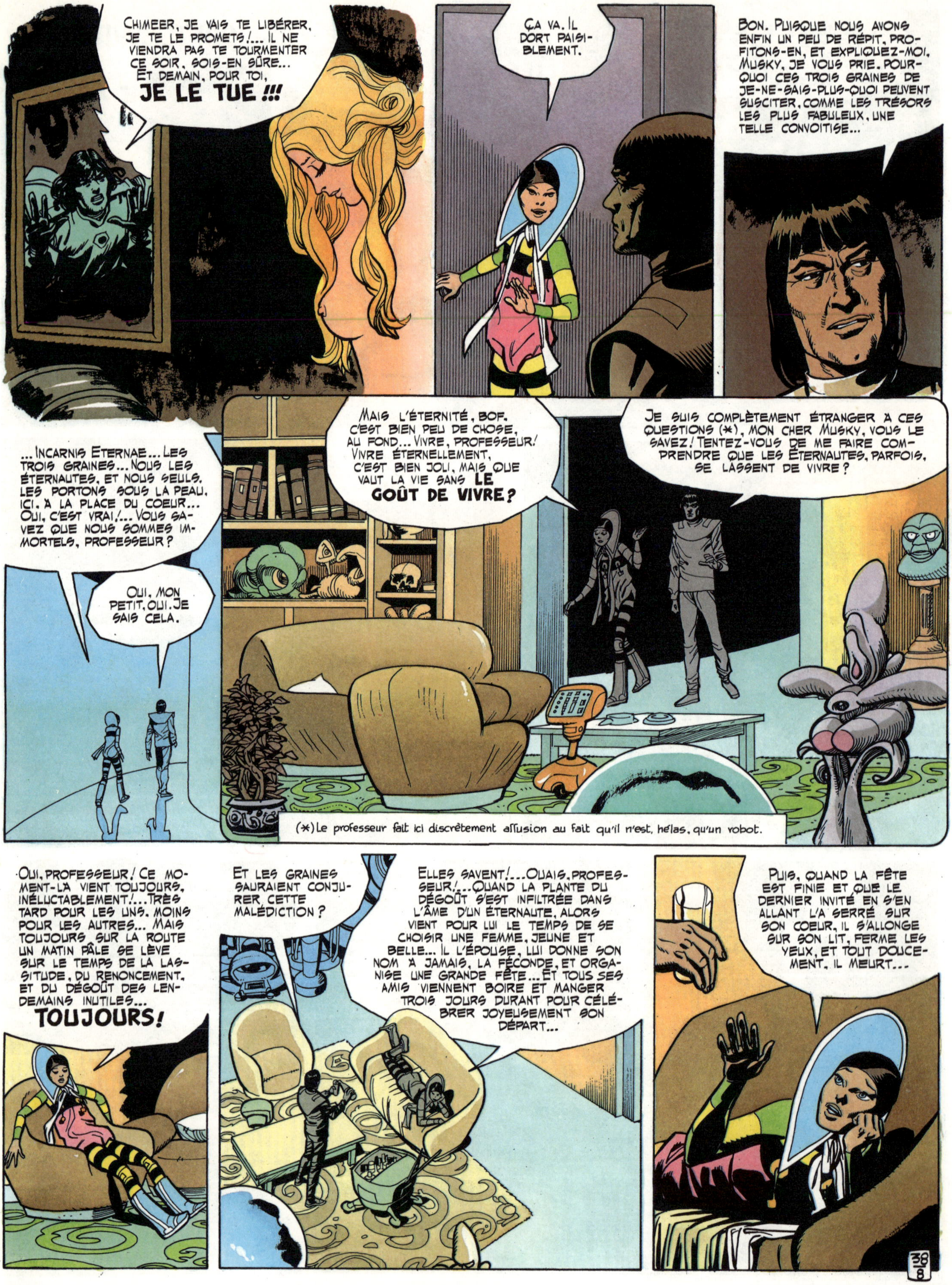
CHIMEER, JE VAIS TE LIBÉRER. JE TE LE PROMETS !... IL NE VIENDRA PAS TE TOURMENTER CE SOIR, SOIS-EN SÛRE... ET DEMAIN, POUR TOI, JE LE TUE !!!
ÇA VA. IL DORT PAISIBLEMENT.
BON. PUISQUE NOUS AVONS ENFIN UN PEU DE RÉPIT, PROFITONS-EN, ET EXPLIQUEZ-MOI, MUSKY, JE VOUS PRIE, POURQUOI CES TROIS GRAINES DE JE-NE-SAIS-PLUS-QUOI PEUVENT SUSCITER, COMME LES TRÉSORS LES PLUS FABULEUX, UNE TELLE CONVOITISE...
... INCARNIS ETERNAE... LES TROIS GRAINES... NOUS LES ÉTERNAUTES, ET NOUS SEULS, LES PORTONS SOUS LA PEAU, ICI, À LA PLACE DU COEUR... OUI, C'EST VRAI !... VOUS SAVEZ QUE NOUS SOMMES IMMORTELS, PROFESSEUR ?
OUI, MON PETIT, OUI. JE SAIS CELA.
MAIS L'ÉTERNITÉ, BOF. C'EST BIEN PEU DE CHOSE, AU FOND... VIVRE, PROFESSEUR ! VIVRE ÉTERNELLEMENT, C'EST BIEN JOLI, MAIS QUE VAUT LA VIE SANS LE GOÛT DE VIVRE ?
JE SUIS COMPLÈTEMENT ÉTRANGER À CES QUESTIONS (*), MON CHER MUSKY, VOUS LE SAVEZ ! TENTEZ-VOUS DE ME FAIRE COMPRENDRE QUE LES ÉTERNAUTES, PARFOIS, SE LASSENT DE VIVRE ?
(*) Le professeur fait ici discrètement allusion au fait qu'il n'est, hélas, qu'un robot.
OUI, PROFESSEUR ! CE MOMENT-LÀ VIENT TOUJOURS, INÉLUCTABLEMENT !... TRÈS TARD POUR LES UNS, MOINS POUR LES AUTRES... MAIS TOUJOURS, SUR LA ROUTE UN MATIN PÂLE SE LÈVE SUR LE TEMPS DE LA LASSITUDE, DU RENONCEMENT, ET DU DÉGOÛT DES LENDEMAINS INUTILES... TOUJOURS !
ET LES GRAINES SAURAIENT CONJURER CETTE MALÉDICTION ?
ELLES SAVENT !... OUAIS, PROFESSEUR !... QUAND LA PLANTE DU DÉGOÛT S'EST INFILTRÉE DANS L'ÂME D'UN ÉTERNAUTE, ALORS VIENT POUR LUI LE TEMPS DE SE CHOISIR UNE FEMME, JEUNE ET BELLE... IL L'ÉPOUSE, LUI DONNE SON NOM À JAMAIS, LA FÉCONDE, ET ORGANISE UNE GRANDE FÊTE... ET TOUS SES AMIS VIENNENT BOIRE ET MANGER TROIS JOURS DURANT POUR CÉLÉBRER JOYEUSEMENT SON DÉPART...
PUIS, QUAND LA FÊTE EST FINIE ET QUE LE DERNIER INVITÉ EN S'EN ALLANT L'A SERRÉ SUR SON COEUR, IL S'ALLONGE SUR SON LIT, FERME LES YEUX, ET TOUT DOUCEMENT, IL MEURT...
38 8

SUR SA TOMBE, CHAQUE JOUR, SES AMIS VIENNENT PATIEMMENT GUETTER LES PREMIERS SIGNES...
ÇA Y EST, LA PLANTE A GERMÉ...
L'UNE DES TROIS GRAINES A BIEN PRIS SUR CE TERREAU GÉNÉREUX...
JE SUIS HEUREUX. C'EST COMME S'IL ME FAISAIT, DE LOIN, UN SIGNE DE LA MAIN...
...C'EST UN MOMENT TRÈS ÉMOUVANT POUR TOUS CAR LA PLANTE NE DONNE QU'UNE FLEUR, UNE SEULE, ET CHAQUE FOIS LA CRAINTE ÉTREINT LES COEURS DE NE PAS VOIR SE PRODUIRE LE MIRACLE...
...À L'HEURE DITE, LA JEUNE ÉPOUSÉE, GROSSE DÉJÀ, REÇOIT DES MAINS DU PLUS ANCIEN DES FILS DU DÉFUNT LA FLEUR UNIQUE, ET L'ABSORBE...
...QUAND L'ENFANT LUI NAÎT, IL PORTE EN LUI LA MÉMOIRE PARFAITE, LE CARACTÈRE ET L'ÂME DE CELUI QUI L'A ENFANTÉ... IL EST PRÊT POUR ENTAMER UN NOUVEAU CYCLE ET, SACHANT TOUT DE LA VIE, N'AYANT RIEN OUBLIÉ, IL DÉGUSTERA POURTANT À NOUVEAU LA JOIE INCOMPARABLE DE TOUT REDÉCOUVRIR AVEC LES YEUX ÉMERVEILLÉS DE L'ENFANCE...
AINSI, VOUS LES ÉTERNAUTES, GRÂCE AUX TROIS GRAINES, VOUS ÊTES APTES À RECOMMENCER SANS CESSE!!!... MAIS ALORS...
NON. MOI, JE SUIS UN ENFANT NATUREL, VIERGE DE TOUTE VIE ANTÉRIEURE... MAIS MON PÈRE EST DÉJÀ MORT TROIS FOIS, AU TERME DE TROIS LONGUES VIES MILLÉNAIRES ET DE DEUX DIVORCES DOULOUREUX...
FROT! FROT!
VOILÀ DONC L'EXPLICATION DU MYSTÈRE!... LE KOMPRINTZ ASPIRE À POUVOIR RENAÎTRE QUAND IL LUI EN VIENDRA L'ENVIE... CRAINTE DE VOUS ATTAQUER DE FRONT, CAR LES ÉTERNAUTES SONT PUISSANTS, ET POUR S'APPROPRIER LES MERVEILLEUSES GRAINES, IL S'EST SERVI D'AXLE!
VIEUX PRINCIPE INUSABLE... DIS-MOI QUEL EST TON RÊVE, ET JE TE DIRAI COMMENT ON PEUT SE SERVIR DE TOI...
39/8

OUI, C'EST ÉVIDENT. LE KOMPRINTZ NOUS MANIPULE DEPUIS LE DÉBUT... C'EST UN MAÎTRE TACTICIEN!
EXACT! ET, TOUT À L'HEURE, DANS LE COMBAT CONTRE LUI, AXLE N'A AUCUNE CHANCE, PROFESSEUR!...
AUCUNE!
QUELQUES HEURES PLUS TARD, AU PETIT MATIN...
J'AI ÉTÉ NOMMÉ TUTEUR-DÉTENTEUR DE L'OBJET DU LITIGE (*), ET JE VIENS CHERCHER LE PLAIGNANT POUR LE CONDUIRE AUX ARÈNES...
(*) Objet du litige : le buste de Chimeer.
JE SUIS PRÊT!
VOUS VOUS ÊTES PORTÉ "AVALISEUR", JE CROIS, MON JEUNE AMI... VOTRE PRÉSENCE AU PROCÈS EST DONC INDISPENSABLE!
JE SUIS PRÊT ÉGALEMENT!
QUE L'ON FASSE ENTRER L'ACCUSATEUR ET L'ACCUSÉ!
C'EST LÀ-DEDANS QUE ÇA SE PASSE!
40 B

MESSIEURS.
LA COUR!!!
MAIS...?!? C'EST UN PLATEAU DE TÉLÉVISION!?!
TRRRRRRRRONHONRR
GLOONNG!!
???
AXLE!... LÀ-BAS! REGARDE!...
C'EST LUI, ENFIN! LE KOMPRINTZ!!!
BEAUCOUP DE PAROLES FURENT PRONONCÉES PAR LES JUGES, PAROLES QUI SE PERDIRENT DANS L'IMMENSE BROUHAHA DES GRADINS. SUR LES RÈGLES ET SUR LES POSSIBILITÉS DES ARMES EMPLOYÉES, SUR LES MONTURES ET LA MANIÈRE DE LES CONDUIRE... AXLE N'ÉCOUTAIT PAS ET SEMBLAIT ÉTRANGEMENT ABSENT...
AXLE! VITE! PAR PITIÉ. DÉFENDS-TOI!!
DANS LA TRIBUNE, UNE LUMIÈRE ROUGE, COULEUR DE SANG, INONDA LES JUGES... DEHORS, LA FOULE GÉMIT, LONGUEMENT ...LÀ-BAS, AU BOUT DU PLATEAU, LE KOMPRINTZ AVAIT ENFOURCHÉ SA MONTURE ET LA LANÇAIT EN AVANT...
41
8

...C'EST À PEINE SI AXLE EUT LE TEMPS DE S'ARMER, COMME SI TOUS SAVAIENT QU'IL ÉTAIT VAIN QU'IL LE FÎT, COMME SI QUELQUE PART, QUELQU'UN, HÂTIVEMENT, AVAIT DÉCIDÉ D'ABRÉGER CETTE ENNUYEUSE FORMALITÉ...
AXLE! RÉVEILLE-TOI. JE T'EN PRIE!!!
FRAAAK!
...SA MONTURE, QU'IL GOUVERNAIT MAL, FIT UN BOND FORMIDABLE EN RÉPONSE À UNE SOLLICITATION EXCESSIVE, MANQUA LUI FAIRE VIDER LES ÉTRIERS ET, DU MÊME COUP, LUI SAUVA MOMENTANÉMENT LA VIE...
BANG!
...IL Y EUT ENTRE EUX UNE ACCALMIE TRÈS BRÈVE... LES DEUX CAVALIERS S'OBSERVÈRENT UN MOMENT SANS BOUGER...
AXLE! QU'EST-CE QUE TU ATTENDS?! TIRE!... TIRE AVANT QU'IL NE CHARGE!
FOUUUZZZ TCHOK!
...UN PLEIN CARQUOIS N'AURAIT RIEN CHANGÉ... CE N'ÉTAIT PAS UN COMBAT, MAIS UNE EXÉCUTION, ET TOUS ÉTAIENT COMPLICES, TOUS, SANS OMETTRE LA VICTIME...
AXLE... FOUTU VANTARD!...

VRANG!
FRAAAK!
BLANNG!
BRAAHAHAAAA
SCRAATCH
AXLE...
AXLE, DIS, JE T'EN SUPPLIE, REVIENS À TOI!... FAIS UN EFFORT, AXLE, UN DERNIER EFFORT!
SECOUE-TOI!
CHLOK

C'EST FINI. MAINTENANT, PETIT.
IL FAUT PAYER LE PRIX CONVENU.
ELLES SONT LÀ, ENFERMÉES DEPUIS MA NAISSANCE DANS CE GRAIN DE BEAUTÉ QUE J'AI, À LA PLACE DU COEUR...
LES TROIS GRAINES!!!
TU AS PAYÉ, C'EST BIEN, NOUS SOMMES QUITTES!... JE NE RETOURNERAI PAS TOURMENTER CETTE SUPERBE FEMELLE QUI HABITAIT L'ESPRIT DE TON AMI QUAND IL ÉTAIT ENCORE EN VIE...

TU PEUX PARTIR ET EMPORTER AVEC TOI CE CADAVRE ET LA MATÉRIALISATION DÉRISOIRE DE SON IDÉE FIXE !... VA, CHIEN FIDÈLE ! VA VITE !... TU RESTES À LA MERCI D'UN ESPRIT UN PEU TROP CLAIR-VOYANT !... CE LIEU N'EST PLUS TRÈS SÛR POUR TOI. FILE !
QUELQUE PART, TRÈS LOIN...
BONNE NOUVELLE POUR VOUS, MADAME ! NOUS AVONS RETROUVÉ VOTRE PENSIONNAIRE ! ELLE ÉTAIT NUE, ET ERRAIT DANS LA CAMPAGNE, AVEC ENCORE DES LAMBEAUX DE CORDE AUX POIGNETS... C'ÉTAIT BEL ET BIEN UN ENLÈVEMENT !
OÙ EST-ELLE ?
POLICE
LÀ, DÉHORS, DANS L'AMBULANCE... JE NE SAIS PAS CE QU'ON LUI A FAIT, MAIS ELLE EN A PRIS UN SACRÉ COUP...
ET IMPOSSIBLE DE LUI TIRER AUTRE CHOSE QU'UN PRÉNOM, QU'ELLE PRONONCE INLASSABLEMENT, COMME UNE PRIÈRE : AXLE, AXLE AXLE...
VOUS ARRIVEZ BIEN ! JE CROIS QUE... HUM ! IL SE, HEU... RÉVEILLE !
FERMEZ TOUTES LES ÉCOUTILLES, PROFESSEUR, ET DÉBARRASSONS LE PLANCHER... JE CROIS QUE ÇA URGE !
PAR LES DIEUX ! **QU'EST-CE QUE JE FOUS ICI ET QU'EST-CE QUE C'EST QUE ÇA ?!?**

TOUT VA BIEN, NE T'INQUIÈTE PAS, AXLE! LE VAISSEAU FILE DANS L'ESPACE, MAINTENANT, ET, MÊME SI LES SBIRES DU KOMPRINTZ SE SONT APERÇUS DE LA SUPERCHERIE, C'EST TROP TARD. NOUS SOMMES HORS D'ATTEINTE, DÉSORMAIS...
MATT! MON PÈRE NE VOUS A PROGRAMMÉ QUE POUR QUE VOUS ME TRAHISSIEZ! VOUS M'AVEZ ENDORMI!
JE L'AVOUE. C'ÉTAIT MON DEVOIR. NOUS AVONS JUGÉ PRÉFÉRABLE D'ENVOYER À VOTRE PLACE L'UN DE CES HUMANOÏDES QUI DORMENT DANS LE MAGASIN... ILS SONT LÀ POUR ÇA, ET CELUI QUI A ÉTÉ FABRIQUÉ À VOTRE IMAGE EST UNE PURE MERVEILLE...
JE NE COMPRENDS PAS! LE KOMPRINTZ PÉNÈTRE COMME EN SE JOUANT LES ÂMES ET LES COEURS... IL NE POUVAIT PAS ÊTRE DUPE DE CETTE COMÉDIE RIDICULE...
IL NE L'A PAS ÉTÉ UN SEUL INSTANT, J'EN SUIS SÛR! D'AILLEURS, QUI ÉTAIT SOUS LE MASQUE? LUI, OU UN SIMULACRE? QUI LE SAURA JAMAIS?...
JE DÉTESTE CETTE IMMONDE COMÉDIE! JE VOULAIS TUER CET HOMME!
NON, TU VOULAIS TE FAIRE TUER. IL L'AVAIT COMPRIS, ET DEVINÉ QUE JE SOUHAITAIS TROUVER UNE BONNE RAISON DE ME DÉFAIRE DE MES TROIS GRAINES... POUR TOI! IL N'A RIEN DIT, A JOUÉ SON RÔLE... C'EST UN SEIGNEUR, LUI!
QUE DE FOUTAISES!
CAUSE TOUJOURS, MON BONHOMME!... TU ES MORTEL, AXLE! ALORS, MAINTENANT, IL TE FAUDRA DÉFENDRE TA VIE. CAR, NE L'OUBLIE PAS, DÉSORMAIS, MORTEL JE LE SUIS AUSSI!... JE SUIS CONTENT.
Ô DIEUX! JE NE VALAIS PAS UN TEL SACRIFICE, PETIT CLOWN!
ÇA NE FAIT RIEN, J'AI LE TEMPS... UN JOUR VIENDRA, TU SERAS VIEUX ET FATIGUÉ, FATIGUÉ DE MARCHER COMME UN SOMNAMBULE ET DE RÊVER À UNE OMBRE... ALORS TU OUVRIRAS ENFIN LES YEUX, ET JE TE RIRAI AU NEZ!
TEXTE Godard DESSINS RIBERA
Fin